# 科学のなぞとき マジカル・メイズ

## 生態系ってなんだ？ ①

シアン・グリフィス=作　宮坂宏美=訳

ONOCO=絵　本田隆行=日本語版監修・解説

ほるぷ出版

THE MAGNIFICENT MAKERS #1: HOW TO TEST A FRIENDSHIP
By Theanne Griffith

Text copyright © 2020 by Theanne Griffith
All rights reserved. Published in the United States by Random House
Children's Books, a division of Penguin Random House LLC, New York.
This edition published by arrangement with Random House Children's Books,
a division of Penguin Random House LLC,
through Japan UNI Agency, Inc., Tokyo.
Japanese edition published by Holp Shuppan Publications, Ltd.

ステファニーへ。
転校生（てんこうせい）だったわたしに
やさしくしてくれてありがとう。
T.G.

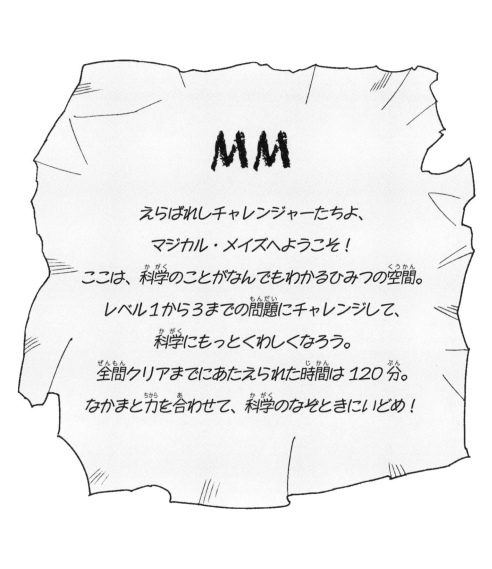

# MM

えらばれしチャレンジャーたちよ、
マジカル・メイズへようこそ！
ここは、科学のことがなんでもわかるひみつの空間。
レベル1から3までの問題にチャレンジして、
科学にもっとくわしくなろう。
全問クリアまでにあたえられた時間は120分。
なかまと力を合わせて、科学のなぞときにいどめ！

# この巻のチャレンジャーたち!

## パブロ
アメリカのニューバーグ
小学校の3年生。
しょうらいのゆめは
宇宙飛行士になること!

## バイオレット
パブロの親友。科学者になって、
ありとあらゆる病気の
なおしかたを見つけるのがゆめ。

## ディーパック
新学期に
パブロたちのクラスに
やってきた転校生。

# もくじ

# 1
## パブロとバイオレットと転校生

えんぴつ、よし！　消しゴム、よし！　ノート、よし！

パブロは、自分の部屋のドアにかけてある鏡の前でとびはねた。新しいTシャツと新しいスニーカー、どちらにも宇宙船の絵がかいてある。宇宙飛行士になりたい自分にぴったりだ。新学期の初日のかっこ、よし！

さあ、きょうから3年生だ！　パブロが1階にかけおりると、げんかんでパパとママが待っていた。

「じゅんびできたかい？」パパがききながら、宇宙船がかかれたランチボックスをパブロに手わたした。

「うん！」パブロはこたえた。

パパとママにニューバーグ小学校まで送ってもらうと、親友のバイオレットのすがたが見えた。バイオレットは、おおぜいのなかにいても見つけやすい。背が高いうえに、こげ茶色の髪の毛がくるくるのアフロヘアだからだ。

パブロは2年前、プエルトリコからこのニューバーグにひっ

こしてきた。バイオレットとは、そのときからなかよくしている。ふたりとも、お気に入りの色は赤で、休み時間にはよくサッカーをした。ピクルスは好きだけれど、生のキュウリはきらいだった。そしてなにより、科学が大好きだった。パブロのゆめは、いつかＴシャツにかいてあるような宇宙船にのって宇宙へいくこと。バイオレットのゆめは、ありとあらゆる病気のなおしかたを見つけることだ。

「おはよう、バイオレット！　また同じクラスだね！」

パブロは声をかけた。

「うん！」

バイオレットがうなずいて、うれしそうに鼻をふくらませた。

9

「じゃあ、ふたりとも、いってらっしゃい！　初日だからって、はりきりすぎないでね」

パブロのママが、そう言ってウインクした。

「はーい！」パブロとバイオレットは同時にこたえた。

教室に入ると、つくえが３つずつ、グループになってならんでいた。それぞれのつくえには、名札がおいてある。

「やった！　パブロと同じグループだ」

バイオレットがよろこんだ。

パブロは、もうひとつのつくえにおいてある名札を見て、「ディーパックって、だれ？」ときいた。

バイオレットは、「さあ」とかたをすくめた。

**チリン、チリン！**

たんにんの先生が、自分のつくえの上のベルを鳴らした。

「みんな、このクラスにようこそ。わたしはエング。これから１年間、いろんな活動を通して、いっしょに楽しく勉強していこう」

そのとき、教室のドアをノックする音がして、ジェンキンズ校長先生があらわれた。

「エング先生、おじゃましてごめんなさい。このクラスに、もうひとり入れてもらえますか。転校生で、ちょっと道にまよっ

てしまったみたい。名前はディーパックです」

　まっすぐの黒い髪をした男の子が、

校長先生のうしろからでてきた。

　「ねえ、見て」バイオレットがパブロ

にこっそり言った。

　パブロは「どうかしたの？」とふり

かえったとたんに気づいた。

　まさか、そんな！

　ディーパックはなんと、パブロと同じTシャツを着て、パブ

ロと同じくつをはいていた。新学期の初日だと思って、せっか

くかっこよくしてきたのに、これじゃ、だいなしだ。

　　　　　ディーパックが席につく

　　　　と、バイオレットはわらいか

　　　　けた。

　　　　「ハイ、ディーパック。あた

　　　　しはバイオレットで、こっち

　　　　はパブロ。これからはあたし

　　　　たちといっしょにいるとい

　　　　いよ。そしたらもう、まよわ

　　　　なくてすむから！」

11

パブロはわらわずに、「ぼくはバイオレットの親友なんだ」とだけ言ってしまった。茶色のほっぺたが少し赤くなった。

「わあ、パブロ、Ｔシャツがぼくとおそろいだね。それと、くつも！」ディーパックが言った。

「だね」パブロはもごもごこたえた。

エング先生が、えんぴつでつくえをたたいた。

「よし、みんな、さっそく勉強をはじめよう」

パブロはディーパックから目をそらして、先生の話を聞いた。

「３年生になってさいしょの勉強は、生き物と環境についてだ。植物や動物などのすべての生き物と、そのまわりにある土や水や空気などの自然環境、それらをぜんぶひっくるめて、生態系という」

エング先生はそこまで言うと、えんぴつで教室のうしろをさした。

「つづきは、あそこの科学コーナーでやろうか」

「やった！」

　パブロとバイオレットが同時に声をあげた。

「ふたりとも、科学が好きなの？」

　ディーパックがバイオレットにきいた。

「うん！　あたしはいつか、でっかい研究所のえらい人になるんだ！」

「科学はぼくも好きだよ！」ディーパックが言った。

「バモス、バイオレット」

　パブロは思わずスペイン語で話をさえぎった。前に住んでいたプエルトリコではスペイン語を話していたので、いまでもつい口からでてしまうのだ。

「いこう」

　パブロは言いなおしてバイオレットの手をつかみ、教室のうしろへむかった。

# 2
## 生態系と食物連鎖

　パブロとバイオレットは、わくわくしながら科学コーナーを見てまわった。

　かべぎわのたなにプラスチックのケースがならんでいて、そのなかに安全ゴーグル、虫めがね、磁石、はかり、それに、ナットとボルトがついた工作用の板が入っている。赤いドローンまで2機おいてある！

「すごい！　あのドローン、いつとばせるんだろう？」

　パブロが言った。

「はやくドローンのプログラムのしかたを教えてほしいな！いろんなおもしろい動きをさせられるはずだよ」

　バイオレットがつづけた。

　ふたりが科学コーナーのテーブルのひとつにすわると、ディーパックもそこにくわわった。

　エング先生がプリントをくばった。

# 食物連鎖を知ろう

　食物連鎖とは、生態系のなかにいる生き物どうしが「食べる・食べられる」のかんけいでつながっていることをいう。食物連鎖のなかでは、栄養のとりいれかたのちがいから、生き物はいくつかの種類にわけられる。

**生産者**：ほかの生き物を食べるのではなく、光や水や空気をとりこんで栄養にする。植物や植物プランクトンなど。

**消費者**：ほかの生き物（植物や動物）を食べて栄養にする。動物や動物プランクトンなど。

**分解者**：消費者のうち、かれた植物や死んだ動物を食べて栄養にするものをいう。細菌、カビ、ミミズなど。

※動物の死がいを食べる生き物は**スカベンジャー**（腐肉食動物）とよばれる。ハゲワシなど。

「ニューバーグの町で考えてみよう」エング先生が言った。「いまから 10 分間で、この町の生態系のなかにいる生き物をいろいろ書きだして、生産者、消費者、分解者にわけてごらん」

バイオレットがディーパックに声をかけた。

「この町のことをまだ知らないだろうから、あたしたちが手つだうよ」

パブロは、手つだいたくなんかないのに、と思った。

つぎのしゅんかん、気になるものが目に入った。科学コーナーのまどべに、真新しいぴかぴかの望遠鏡がおいてある。パブロの家にも手のひらサイズの小さな望遠鏡があるけれど、これは三きゃくまでついている本格的なものだ！

パブロはこっそり近づいてのぞいてみることにした。すると、

レンズをのぞこうとしたまさにそのとき、くしゃくしゃに丸めた紙がころがってきた。あたりを見まわしたけれど、みんないそがしそうに生き物を書きだしている。パブロは紙をひろって広げた。

16

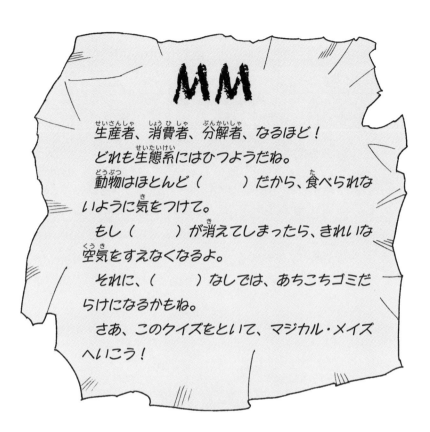

# MM

生産者、消費者、分解者、なるほど！
どれも生態系にはひつようだね。
動物はほとんど（　　　）だから、食べられな
いように気をつけて。
　もし（　　　）が消えてしまったら、きれいな
空気をすえなくなるよ。
　それに、（　　　）なしでは、あちこちゴミだ
らけになるかもね。
　さあ、このクイズをといて、マジカル・メイズ
へいこう！

　マジカル・メイズ？　メイズって、めいろのことだよね？　ニ
ューバーグ農場のトウモロコシのめいろにも、ニューバーグ祭
りの鏡のめいろにもいったことあるけど、マジカル・メイズな
んて、聞いたことない。

　パブロはそう思いながら、バイオレットたちがいるテーブル
に紙をさしだした。

「ふたりとも、これ見て！」

　バイオレットは声にだしてなかみを読むと、くちびるをかん
で考えてから言った。

「クイズをとこう！」

「ちょっと待って」

　ディーパックがとめた。自分の耳をひっぱって、少し不安そうな顔をしている。

「どうしたんだよ。まさか、こわいのか？」パブロがきいた。

「こわくなんかないよ！」ディーパックはむっとした。

「まあまあ、ふたりとも」バイオレットが言った。「この紙、きっとエング先生がこっそりくばってるんだよ。さいしょにクイズをといたら、なにかごほうびがもらえるのかも！」

　3人は、しわくちゃの紙を見つめた。

「食べられないように気をつけて、ってことは——」バイオレットがまたくちびるをかんで考えた。「ひとつめのかっこに入るのは、きっと消費者だよ。消費者はほかの生き物を食べるから」

「そうだね」パブロが言った。「あと、先生のプリントには、分解者は死んだものを食べて栄養にするってあったよ。てことは、自然のゴミをかたづけてくれるってことなんじゃないかな」

「じゃあ、3つめのかっこに入るのは分解者だね。のこったのは2つめのかっこか」ディーパックも考えた。「そういえば、ぼくのうちには植物がたくさんあるんだけど、パパが言うには、植物は空気をきれいにするんだって。それって、ぼくたちがきれ

いな空気をすえるのは、生産者のおかげってことだよね」

　そのとたん、いすやテーブルがゆれはじめた。教室にあるものがみんなゆれている！──と思ったら、はじまったときと同じようにとつぜんとまった。

　「ひゃー！　ゆれたよね？」パブロがきいた。

　バイオレットとディーパックがうなずいた。ディーパックは、ふるえる両手でテーブルをつかんでいる。

　気がつくと、クラスメートたちがその場でかたまっていた！みんな、銅像みたいにじっとしている。エング先生まで、ぴくりとも動かない。

　「見て！」

　バイオレットがまどのほうを指さした。むらさき色の光の輪にかこまれて、望遠鏡がかがやいている。3人はおそるおそる近づいた。バイオレットが手をのばし、光のなかに指をつっこんだ。

　ビビッ！

「くすぐったい」バイオレットはわらった。

　そのとき、またべつの音が聞こえて、3人はふりかえった。えんぴつが1本、エング先生の足もとにころがっている。

「先生が耳にかけてたえんぴつが落ちたみたいだね。みんな、まだかたまってる」バイオレットがそっと言った。

「見てもだいじょうぶかな？」

　パブロが身をかがめ、望遠鏡をのぞきこんだ。むらさき色の光のせいで耳がぴりぴりする。

**ビビッ!**

　望遠鏡のむこうに見えたのは、空でも雲でもなく、どこかの実験室のようだった。台の上にならんだフラスコのなかで、いろんな色の液体がぶくぶくあわだっている。

とつぜん、なにかにＴシャツをひっぱられた。この望遠鏡が
ひっぱってる!?　パブロはあわててにげようとした。
「助けて！」
　ふたりのほうに手をのばしたけれど、そのまま望遠鏡のなか
にすいこまれてしまった！
　足をふんばったバイオレットとディーパックも同じだった。
望遠鏡が巨大な磁石、３人が小さなクリップにでもなったみた
いだ。パブロ、バイオレット、ディーパックと、ひとりずつ望
遠鏡にすいこまれ、そのあと下に落ちたかと思うと……数秒後、
３人は実験室にドンッと着地した。

実験室はとても広かった。あわだつ液体の入ったフラスコの
ほかにも、見たことのない植物がならび、そのうちのひとつが
葉っぱをゆらゆら動かしている！　植物の近くには、気味のわ
るい虫が入った大きなガラスびんがいくつもあった。部屋のか
たすみでは、ロボットがたなの薬品を整理している。

　「わあ！」バイオレットが声をあげた。「あたしも自分の実験室
であんなロボットをつかってみたい！」

　「あの植物、おどってるの？」ディーパックが首をかしげた。

　色とりどりの結しょうが入ったとうめいなケースがならんで
いる場所もあった。しかも、結しょうがケースのなかでふわふ
わうかんでいる！

　「あのケースのなか、きっと無重力だよ！」パブロは言った。

　「それに、あそこ！」バイオレットが、コンピューターにつな
がれているけんび鏡を指さした。「いろんな細菌やウイルスが見
られるんじゃないかな」

　けんび鏡のわきにはろうかがあって、ドアがずらりとならん
でいた。あまりに長いろうかで、どこまでつづいているかわか
らない。

　「ここって、つまり——」ディーパックが切りだした。

　「マジカル・メイズ！」うしろからだれかがつづけた。

　3人がふりむくと、にじ色の髪をした背の高い女の人が立っていた。白衣をはおって、明るいむらさき色のズボンをはき、大きな金色の本をわきにかかえて、耳にえんぴつをかけている。

「やっと会えてうれしいわ、チャレンジャーのみんな！」女の人は手をたたきながら言った。「パブロと、バイオレットと、ディーパックね」

「どうして……？」パブロは目を丸くした。

「そりゃあ、わかるわよ。わたしが3人をこのマジカル・メイズにしょうたいしたんだから」

　女の人はウインクすると、「わたしはクリスプ博士」と言って、白衣についている名札を指さした。

「さあ、はじめよう！　クラスのみんながまた動きだす前に、やることがどっさりあるわよ」

# 3
## ふしぎな実験室「マジカル・メイズ」

「あの、マジカル・メイズって、なんですか？」

　ディーパックがきいた。

「マジカル・メイズは、科学館やメイカースペースみたいなものね。まあ、ちょっとちがうところもあるけど」

　クリスプ博士がこたえた。

「ちょっとどころか、すごくちがいますよね」

　パブロは言いながら、まだおどろいていた。メイカースペースには、去年、校外学習でいったことがある。教室の科学コーナーを大きくしたようなところで、３Ｄプリンターなどの最新機器もふくめ、工作や実験ができる道具がたくさんあった。パブロとバイオレットも、そこにあるものを好きにつかわせてもらった。ふたりは、プラスチックのコップをさかさまにならべ、その上にアイスの棒をわたして橋をつくった。それから、酢と重そうをまぜると炭酸ガスが発生すること、炭酸ガスの力でペットボトルのロケットをとばせることを知り、酢と重そうをど

25

れくらい入れればロケットがいちばん高くとぶかをたしかめた。パブロは、もしメイカースペースの天じょうがなかったら、自分のロケットは宇宙までとんでいったんじゃないかと思った。

けれど、このマジカル・メイズはそれとはちがう。メイカースペースよりもはるかに広いし、おもしろそうな道具もかぞえきれないくらいある。

クリスプ博士が、かかえていた本をみんなに見せた。金色で、きらきらかがやいている。パブロが手をのばしてさわってみると、

ビビッ！

望遠鏡をかこんでいたむらさき色の光に耳がふれたときのように、指がぴりぴりした。

クリスプ博士が言った。

「科学にかんけいのあることで、知りたいことをこのメイズ・マニュアルに言うと、マジカル・メイズがそれに合わせてチャレンジ問題を用意してくれるの。あなたたちは120分のマジカル・タイム以内に、その問題をクリアしなくちゃならない」

「120分のマジカル・タイム？」

バイオレットがくりかえした。

「そう！　それが、クラスメートが動かないでいる時間よ」

クリスプ博士は、3人の上のほうにあるモニターをえんぴつでさした。教室でみんながまだ石みたいにかたまっているのが見えた。

「もし時間切れになったら？」

　ディーパックがきいて、息をのんだ。

　クリスプ博士は、ため息をついた。

「時間内に問題をクリアできなかった子は、もう二度とここにしょうたいできないの。マジカル・メイズの決まりでね」

　そう言いながら、メイズ・マニュアルをたたいた。

「問題って、むずかしいんですか？」パブロがきいた。

「心配しないで！　ちゃんと考えて、しょうたいするチャレンジャーをえらんでいるから。あなたたちだって、やる気まんまんのはずよ！」

　クリスプ博士は金色のマニュアルをひらき、大きな「？」がついているページを見せて、にっこりしながらきいた。

「知りたいことは、だれが言う？」

「あの、あぶない目にあうことはないんですよね？」

　パブロがねんをおした。

「ちょっと、パブロ、もういいでしょ。どんなあぶないことが起こるっていうの？」

バイオレットが口をはさんで、ディーパックがくすくすわらった。

「ここは宇宙よりも安全よ！」

　クリスプ博士はそうこたえると、人さし指と中指と薬指の3本をさかさまにしてMの字をつくり、「マジカル・メイズの名にちかって」とせんげんした。

　パブロは、自分のスニーカーについている宇宙船を見つめた。

「わかりました。じゃあ、生態系について知りたいです」

　そう言ったけれど、なにも起こらない。3人がクリスプ博士に目をむけると、博士はあいかわらずにこにこしていた。

　とつぜん、メイズ・マニュアルのページがめくれはじめた。さいしょはゆっくり1まいずつ、それからどんどんはやくなっていく！　まるで本の上をたつまきが通っているみたいだ。やっととまったページには、こんなことが書いてあった。

レベル1
食物連鎖
4つの四角

5番ドアをあけて
スタートせよ。

クリスプ博士は、マニュアルをぴしゃっととじてリュックの
なかにしまった。それから「ついてきて！」と言って、長いろ
うかを全速力でかけだした。
「待って！」バイオレットがさけんだ。
3人はひっしに追いかけ、ドアの前をつぎつぎ通りすぎた。

1番、2番、3番、4番。クリスプ博士は5番のドアの前で待っていた。

「さあ、いくよ！」博士がドアノブに手をのばした。

「しつもん！」パブロが言った。「どうやってマジカル・タイムをはかればいいんですか？」

「もちろん、みんなのうでについているマジカル・ウォッチでよ！」

「あたしたちの、なに？」バイオレットがきいた。

　クリスプ博士が、3人のうでについている黒い時計を指さした。

「わあ、かっこいい！」バイオレットは目をかがやかせた。

　時計にはタッチスクリーンと小さなボタンがいくつかついている。クリスプ博士も同じ時計をしている。

「この時計、いつのまに？」パブロはつぶやいた。

　けれど、クリスプ博士は聞いていなかった。

「チャレンジャーのみんな、さあ、いこう！」

　みんなで5番のドアのむこうに足をふみだすと、時計がブルブルふるえて光った。3人のチャレンジがはじまった！

## レベル1：生産者、消費者、分解者、スカベンジャー

「いたっ！」

バイオレットのくるくるの髪が木のえだにひっかかった。パブロが助けにいくと、バイオレットは言った。

「ねえ、メイズって、めいろって意味でしょ？　でも、ここ、めいろって感じじゃないよね。ていうか、あたしたち、ニューバーグ森にいるんじゃない？　どうやって森まできたんだろ」

5番のドアは消えていた。3人は森のなかの道に立っていた。

クリスプ博士が、自分のマジカル・ウォッチのスクリーンを3回タップしてから左にスワイプした。すると、森がすべるように消え、広大な白い部屋にかわり、みんなのうしろにまた5番のドアがあらわれた。

「マジカル・メイズは、世界中のどんな場所のクローンもつくれるの。あくまでコピーにすぎないけどね」

博士はそうせつめいすると、またスクリーンを3回タップし

31

て、今度は右にスワイプした。まわりのけしきがさっと森にもどった。

「すごい！」 3人が同時に言った。マジカル・メイズというだけあって、魔法みたいだ。

「新学期の初日がこんなに楽しくなるなんて思わなかった！」
ディーパックが言った。

「ぼくもだよ」パブロはうなずき、えがおでディーパックの背中をたたいた。

　みんなで森のなかの道をたどると、ひらけた場所にでた。

「ここが目的地よ！」クリスプ博士が言った。

「ここが？」
　バイオレットがききかえし、顔にかかった髪をはらいながら目をこらした。見えるのは木や草、それに、あちこちにさくタンポポくらいだ。

ブーン！ パチン！ ヒュー！ バシッ！

　むらさき色のまぶしい光がきゅうにあらわれ、パブロとバイオレットとディーパックは目をぎゅっととじた。光が弱まると、

地面に大きなタブレットのスクリーンのようなものが見えた。
スクリーンは４つの四角にわかれていて、そのうちのひとつに
パブロが足をのばすと、つま先でふれたところがぱっと光った。
　クリスプ博士がルールをせつめいした。
「よく聞いてね、チャレンジャーのみんな！　これからスクリ
ーンのまんなかに、ニューバーグ森の生態系のなかにいる生き
物が３Ｄのホログラムになってあらわれます」

博士は、手にしたえんぴつで3人をさしながらつづけた。

「あなたたち3人で、その生き物が食物連鎖のどこにあてはまるかを考えてください。答えが決まったら、ホログラムをスクリーンの正しい四角に持っていくこと」

　すると、スクリーンのそれぞれの四角に、「生産者」「消費者」「分解者」「スカベンジャー」の文字と絵があらわれた。

「それから、もうひとつ」クリスプ博士がつけくわえた。「3人の意見がそろって、ひとつの答えにまとまるまで、ホログラムは動かせません。さあ、みんな、レベル1のチャレンジをはじめて！」

「GO」という文字がみんなのマジカル・ウォッチにあらわれた。3人は同時にそれをタップした。

# 5
# キノコは植物？

　スクリーンのまんなかに、キツネのホログラムがうかびあがった。

「これはかんたん！　キツネは肉食で、ほかの動物を食べるから、消費者だよ」

　バイオレットが言うと、ディーパックもパブロもうなずいた。

　バイオレットはキツネに手をのばした。

「気をつけて！」ディーパックがさけんだ。

　パブロはわらって、思わずスペイン語できいた。

「ケ・パサ？　どうしたの？　ただのホログラムだってこと、わすれた？」

　ディーパックは、はずかしそうに顔を赤くした。バイオレットはパブロをひきよせて小声で言った。

「なんでそんなにいじわるなの？」

「いじわるなんかしてないよ」

　パブロはこたえて、バイオレットの手をふりはらった。キツ

ネのほうに歩いていくと、キツネがうなり声をあげた。

「うわ！」

　パブロがさけぶと、バイオレットとディーパックがこっそり

わらった。

「だいじょうぶよ、パブロ！　かみついたりはしないから」

　クリスプ博士が言い、ちかいのMマークをまた指でつくった。

　パブロは大きく息をついて、キツネをつかんだ。

## ビビッ！

　消費者の四角にキツネをおくと、四角がむらさき色に光った。

「おみごとフラスコ！ 1問正解、のこり3問！」

博士がおかしな言葉でほめてから、みんなをせかした。

「さあ、いそいで！ ぐずぐずしているひまはないわよ！」

つぎは、まとまってはえているキノコのホログラムがあらわれた。

「これは生産者だよ！」パブロが言った。

「そうかな」

バイオレットが首をかしげ、自分の家のうら庭にある生ゴミおき場にキノコがはえていることをせつめいした。

「パパが言うには、キノコって生ゴミを分解してくれるんだって」

「ぼくも、キノコは分解者だと思う」

ディーパックが言い、バイオレットがうなずいた。

「けど、キノコは植物で、植物は生産者じゃないか」

パブロは、かたほうの足でいらいらと地面をふみつけた。

ディーパックが落ちついた声でこたえた。

「たしか、キノコはカビのなかまだよ。夏の科学キャンプで勉

強<ruby>きょう<rt></rt></ruby>したんだ」

　それでもパブロは、<ruby>生産者<rt>せいさんしゃ</rt></ruby>だと<ruby>言<rt>い</rt></ruby>ってゆずらなかった。

「ちょっと、パブロ。これで２<ruby>対<rt>たい</rt></ruby>１でしょ？　パブロがおれて

くれないと、キノコのホログラムを<ruby>動<rt>うご</rt></ruby>かせないんだよ？」バイ

オレットがせまった。

　パブロは<ruby>知<rt>し</rt></ruby>るもんかと<ruby>言<rt>い</rt></ruby>うようにかたをすくめた。

　バイオレットがためしにホログラムをつかもうとすると、や

はり<ruby>手<rt>て</rt></ruby>がキノコのあいだをすりぬけた。

　パブロはマジカル・ウォッチをたしかめた。あと 100 <ruby>分<rt>ぷん</rt></ruby>だ。

「いいよ。キノコは<ruby>分解者<rt>ぶんかいしゃ</rt></ruby>ってことで」パブロはしかたなくつ

ぶやいた。

　バイオレットがキノコに<ruby>手<rt>て</rt></ruby>をのばすと、<ruby>今度<rt>こんど</rt></ruby>はちゃんと<ruby>持<rt>も</rt></ruby>ち

あげることができた。

　つぎは、<ruby>植物<rt>しょくぶつ</rt></ruby>のシダのホログラムがあらわれた。これはかん

たんだ。

「<ruby>生産者<rt>せいさんしゃ</rt></ruby>！」

　３<ruby>人<rt>にん</rt></ruby>が<ruby>声<rt>こえ</rt></ruby>をそろえて<ruby>言<rt>い</rt></ruby>い、ディーパックがシダを<ruby>生産者<rt>せいさんしゃ</rt></ruby>の<ruby>四<rt>し</rt></ruby>

角の上においた。

　さいごに、カラスのホログラムがあらわれた。のこる四角はひとつだけだ。

「カラスって、スカベンジャーなの？」パブロがきいた。

「あたし、見たことあるよ。車にはねられて死んだ動物をカラスが食べてるとこ。あんまり近よりたくはなかったけどね」

　バイオレットがこたえて、カラスのホログラムを動かした。

　スクリーン全体がむらさき色に光りはじめた。

「ダダン、ドドン、シャーン！」

　クリスプ博士がドラムセットをたたくまねをした。

「これでレベル1はクリア！」

　博士はスクリーンにとびのって、3人とハイタッチをした。

　バイオレットとディーパックはよろこんでだきあった。パブロもレベル1をクリアできてうれしかったけれど、どういうわけか、はしゃぐ気持ちにはなれなかった。

「じゃあ、みんな、つぎにメイズがどこへつれていってくれるか、見てみよう」

クリスプ博士が言って、リュックからメイズ・マニュアルをとりだした。マニュアルがさっとひらき、ページがつぎつぎめくれていく。とまったページには、こう書いてあった。

「出発進行！」

クリスプ博士がさっそうと歩きだした。その先に湖が見える。

バイオレットがディーパックの手をつかみ、いそいで博士を追いかけた。パブロは、親友と転校生がいっしょにかけだすのを見つめ、重い足どりでふたりのあとにつづいた。

湖につくと、クリスプ博士がきいた。

「トレジャー・ハントならぬ、スカベンジャー・ハントをやってみたい人は？」

それから、ウインクしてつけたした。

「ハントするのはスカベンジャーだけじゃないけどね！」

　ハントするということは、かりをするということだ。3人は目をかがやかせて手をあげた。クリスプ博士がウォッチのボタンをおすと、空中にリストがあらわれた。

　　1　ザリガニ
　　2　スイレン
　　3　カエル

「レベル2をクリアするには、これらの生き物を見つけ、生態系のどこにあてはまるかを考えなければなりません。ただし、その前に」博士は、人さし指をかかげた。「3人で力を合わせてボートをつくること」

「おもしろそう！」バイオレットが言った。

「でも、子どもだけで、どうやってボートをつくるんですか？」

　ディーパックがきいた。

「あなたたちはただの子どもじゃない。えらばれしチャレンジャーよ！」

　クリスプ博士はメイズ・マニュアルをひらいて、ペットボトルのボートの絵とつくりかたが書いてあるページを見せた。3人がそれを読んでいると、博士がいきなり「みんな、はなれて！」とさけんだ。

博士はリュックに手を入れ、首をまわしてにじ色の髪をふりはらい、うんうんうなったり、おかしな音を立てたりしはじめた。それから、ゆっくりとリュックから巨大なペットボトルをひっぱりだした。マイクロバスくらい大きいペットボトルだ。3人はぽかんとした。

　「そんなものがずっとリュックに入ってたの？　いったいどうやって？」パブロがきいた。

　クリスプ博士は、まだリュックをさぐっていたかと思うと、強力接着剤、太くて大きな輪ゴムを4本、細長い板を2まい、プラスチックの大きなスプーンを2本とりだした。

　「あたしもあんなリュックがほしい！」バイオレットが言った。

　クリスプ博士は3人にえがおをむけ、頭の上に両手をあげて、すばやくふりおろした。

　「位置について、用意、つくれ！」

# 6
## レベル2：ボートづくりと湖の生き物

　パブロたちは、さっそくボートづくりにとりかかることにした。まず、強力接着剤と輪ゴムをつかって、2まいの板をペットボトルに固定しなければならない。

　バイオレットが、くちびるをかんで考えてから言った。

「やりかたがわかった！　手つだって」

　3人は、2まいの板を地面にならべ、ペットボトルをころがしてそのあいだにおいた。板のほうが長く、ペットボトルのうしろからはみだした。

「このはみだしたところに、ボートのモーターがつくみたい」

　バイオレットが、つくりかたを見ながら言った。

　3人は協力して板に接着剤をぬり、ペットボトルの両わきにくっつけた。

　パブロが輪ゴムのひとつを持ちあげた。

「この大きさでほんとにだいじょうぶなのかな？」

　輪ゴムはとても大きいけれど、板とペットボトルをくぐらせ

られるほどとは思えない。

　すると、クリスプ博士がはらばいになって体をのばし、背中をそらしてヨガのコブラのポーズをしながら言った。

「がんばってのばさないといけないようね」

　パブロは輪ゴムをのばそうと、何度かひっぱった。それから、ボトルからはみだしている2まいの板に輪ゴムをかけた。

「この輪ゴム、ペットボトルの下にはかんたんに通せるけど、上にかけるのはむずかしいね。だれかがペットボトルの上にのって、輪ゴムをひっぱらないと」

「ぼくがやるよ！」ディーパックが手をあげた。

「いいの？　落っこちるかもよ。バンって」

　パブロは言いながら手をたたいて大きな音をだした。

「パブロ！」バイオレットが、とがめるような顔をした。

　ディーパックは集中すると、思いきりジャンプしてボトルのわきにとびついた。上のほうにつかまったものの、ずり落ちそうになる。

「気をつけて！」バイオレットがさけんだ。

　ディーパックはボトルにしがみつき、じりじりのぼって、なんとかてっぺんにたどりついた。

「やったーシリンダー！」

　クリスプ博士がまたへんな言葉でほめた。どうやら実験道具の名前をつけたすのが口ぐせみたいだ。

「やったね、ディーパック！」

　バイオレットがよろこんだ。

　パブロは地面にころがっていた石をけとばしてつぶやいた。

「そんなに高くないじゃないか」

　バイオレットがパブロのほうをむいた。

「じゃあ、なんで自分でのぼらなかったの？　ジャンプすらしない人が、どうやって宇宙にいくわけ？」

「宇宙船にのっていくよ！」

　言いかえしたけれど、バイオレットはもうペットボトルのはしにむかっていた。

「こっちにきて！」

バイオレットがふりかえってパブロをよんだ。

　ふたりで輪ゴムをペットボトルの下に通すと、またバイオレットがパブロによびかけた。

「あたしのかたにのって」

「え？」

「はやく！」

　パブロはバイオレットのかたにのった。

「ちょっと、髪の毛をひっぱらないで！」

「あ、ごめん」

「ディーパックにとどくように輪ゴムをひっぱってね」

　バイオレットが言った。

　ディーパックがペットボトルのはしから身をのりだしてパブロに手をのばした。パブロは思いきり輪ゴムをひっぱってさけんだ。

「これ以上はむりだよ」

「がんばって！」バイオレットがはげました。

　パブロがせいいっぱいうでをのばすと、どうにか輪ゴムがディーパックの手にわたった。背の高いバイオレットがいてくれたおかげだ。パブロはバイオレットのかたからとびおり、輪ゴムをペットボトルのおくにずらすのを手つだった。

「みんな、その調子！」クリスプ博士が言った。

　3人は、2本めの輪ゴムも同じようにしてペットボトルの頭がわにとりつけた。

「つぎはモーターづくりだ」

　パブロが言って、2本の大きなスプーンをつかんだ。

「ディーパック、おりてきて！」バイオレットがよびかけた。

　バイオレットとディーパックは、柄を少しのこしてスプーンの丸いところを切りはなし、かたほうのくぼみが上、もうかたほうのくぼみが下になるように、柄の部分を接着剤でつなげた。

　パブロは、ペットボトルからはみだしている2まいの板に、のこりの2本の輪ゴムをしっかりとりつけた。それから3人で、できあがった「スプーン・モーター」をその輪ゴムのまんなかに接着剤でくっつけた。

# ピンポン、ピンポーン！

「すごいぞスポイト！　これでボートの完成ね！」

　クリスプ博士が言って、ボートを湖のほうへおしていった。水ぎわまでくると、みんなに声をかけた。

「チャレンジャーたちよ、のりこめ！」

　3人はボートにかけよった。ディーパックが先にのぼり、ふりかえってバイオレットを自分のとなりにひっぱりあげ、つぎにパブロもひっぱろうと手をのばした。

「ひとりでできるよ！」

　パブロは自力でボートにのぼった。

　クリスプ博士は、輪ゴムにとりつけたスプーン・モーターをぐるぐるまわした。手をはなすと同時にボートを湖におしだし、自分もうしろのほうにとびのった。スプーンが水をかき、ボートが走りだした！

# 7
## ザリガニのなぞ

「さあ、水に入ろう！」

　湖のまんなかまでくると、クリスプ博士が言った。

「でも、博士、あたしたち、水着を持ってませんよ？」

　バイオレットが首をかしげた。

「それなら、だいじょうぶ！」

　クリスプ博士はわらうと、自分のマジカル・ウォッチにむかって命じた。

「マジカル・メイズ、潜水セットを用意せよ！」

　なにも起こらない。

「そんなバーナー！　新しいウォッチがひつようかな」

　博士は命令をもう一度くりかえした。

ブーン！ パチン！ ヒュー！ バシッ！

とつぜん、パブロたち3人の体がまわりだした。回転がどんどんはやくなって、湖がほとんど見えない！

「うわーっ！　どうなってるの？」パブロがさけんだ。

　つぎのしゅんかん、ぴたりととまった。

「気持ちわるくなりそうだったよ」ディーパックが胃をおさえた。

「もう1回やろうよ！」バイオレットは楽しそうにわらった。

「見て！」

　パブロがバイオレットとディーパックの体を指さした。

　みんな、いつのまにかウエットスーツを着ている。しかも、足にはフィン、頭と背中にはスキューバダイビングの装備もある！

「さあ、はじめよう！」

　クリスプ博士が言って、マジカル・ウォッチについている２つの小さなボタンのせつめいをした。ひとつはスキャン用、もうひとつは水中での会話用だった。

　クリスプ博士は、さいごにつけくわえた。

「生き物は自分の食べ物のそばにいるということをわすれずに。食物連鎖というだけあって、生態系のなかの生き物はすべて食べ物で連鎖している、つまり、つながっているからね」

　それからウインクして、３人を送りだした。

「チャレンジャーたちよ、幸運をいのる！」

　バイオレットがさっそくよたよた歩いてボートのはしにいった。

「ペンギンみたい！」パブロがわらった。

「自分だって、歩けばこうなるよ！」

　バイオレットが言いかえして水にとびこむと、ディーパックもすぐあとにつづいた。

　パブロもとびこんで、下にむかって泳いだ。湖の底は、どろや、小えだや、岩におおわれていた。そのとき、目のはしになにかが見えた。小さなロブスターのようだけれど、ニューバーグ湖にロブスターはいないはずだ。近づいてみると、ザリガニ

だった！

**シャキン！**

やばっ！　ザリガニ
がはさみでつねろうと
してる！　パブロはあ
とずさり、バイオレット
とディーパックを手ま

ねきして、いせいのいいザリガニを指さした。3人はヘルメッ
トごしににっこりした。

　パブロがザリガニにねらいを定めてウォッチのボタンをおす
と、むらさき色のレーザー光線がとびだした！　光線がザリガ
ニをスキャンすると、ウォッチがブルブルふるえ、スクリーン
に大きな「○」があらわれた。パブロはわくわくして、バイオ
レットとディーパックとハイタッチをした。

　パブロのウォッチのスクリーン上で、今度は矢じるしが光り
はじめた。スワイプすると、「生産者」という文字があらわれた。
さらにスワイプすると「消費者」、そしてさいごが「スカベンジ
ャー」だ。

「ザリガニはどれにあてはまる？」

　バイオレットが自分のウォッチごしにきいた。

パブロには答えがわかっていた。前に住んでいたプエルトリコの家のうらに、ザリガニがたくさんいる小川があったからだ。パブロはザリガニが動きまわるのを見るのが好きだった。パブロのママは、ザリガニのことをスペイン語で「バスレーロス・デラローヨ」、つまり「小川のそうじ屋さん」と言っていた。ザリガニは、くさりかけの葉っぱや小えだ、それに死んだ魚も食べる。パブロは一度、ヒメハヤの頭を食べているザリガニを見たこともあった！

　「ザリガニはスカベンジャーだよ！」パブロは言った。「どろのなかで見つかるのも、そのせいだ。いろんなものが死んで、湖の底のどろにしずむから、それを食べてるんだよ」

　ところが、ディーパックが首を横にふった。

　「去年、ぼくのクラスでザリガニをかってたんだけど、先生はいつも小さな魚を生きたままあげてたよ。で、ザリガニがその魚をつかまえてた。てことは、ザリガニは消費者だよ」

　「いや、ザリガニはスカベンジャーだ」パブロは言いはった。

　「まあまあ」バイオレットが割って入った。「あたしたちみんな科学好きなんだから、ちゃんと考えれば、答えがわかるはずだよ」

　「答えなんて、わかりきってるのに！」パブロはいらいらして

鼻をふくらませた。

「まず、事実をたしかめないと。ディーパックのは、たしかな話だと思う」バイオレットが言った。

パブロはすっかり頭にきて、ディーパックのほうをむいた。

「自分はなんでも知ってると思ってるんだろ！　けど、そうじゃない。おまえなんか、なんにも知らない。知ってるのは、人の親友をぬすむ方法だけだ！」

そうさけんで、ふたりからはなれていった。

バイオレットが「待って」とよびかけたけれど、パブロはもう遠くまでいっていた。

パブロはどんどん泳いでいった。あとはふたりで問題をとけばいいじゃないか、と思った。

　クリスプ博士を見つけて、帰してくれって言おう。もうマジカル・メイズになんていたくない。

　かたごしにふりかえったら、だれも見えなかった。そのままうしろを見ていると、なにかがうでの上をすべっていった。つぎのしゅんかん、ヘルメットの前をなにかが横切った。パブロがあわてて足のフィンをばたばたさせると、そのあとかえって足が動かせなくなった。

　なにかが足にからまってる！　これはなんだ？　見ると、細いロープのようだった。もしかして、植物のツル？

　そう思ったとたん、うでや足にからまっているものの正体に気づいた。くねくねと長くのびているスイレンのくきだ。

「助けて！」

　さけんだけれど、ヘルメットのなかに声がひびいただけだった。バイオレットとディーパックはずっと遠くにいるし、うでが動かせないからウォッチをつかうこともできない。

　パブロはこわくなってきた。

　どうやったらにげられる？　クリスプ博士がおかしいと気づいて、さがしにきてくれるかな？

くきがますますうでや足にからまってきた。こんなときこそ親友がひつようなのに、バイオレットはどこにも見えない。

ああ、ふたりのそばにいればよかった。パブロは目をとじて泣きだした。

# 8
## 環境と変化

　パブロがスイレンのくきからにげようともがいていると、と
つぜん、なにかが足首をひっぱった。パブロはとっさにそれを
けとばそうとした。

「はなせ！」

　さけびながら足のフィンのほうを見ると、そこにいたのは湖
の生き物ではなく、バイオレットとディーパックだった。

「バイオレット！　きてくれたんだ！」

　親友の顔を見られて、こんなにうれしいことはない。バイオ
レットとディーパックは、パブロの体からスイレンのくきをほ
どいてくれた。

「パブロ、立って！」

　バイオレットが自分のウォッチごしに言った。

　立つ？　水のなかなのに？　そう思いながら足をのばすと、
フィンの先が湖の底にふれた。こんなあさいところにいたん
だ！　パブロは、はずかしく思いながら立った。バイオレット

とディーパックも同じく足をついた。

「ふたりとも、ごめん。あんなふうにいなくなっちゃって。ぼく……ただ……くやしかったんだ」

パブロはそう言って、ディーパックのほうをむいた。

「バイオレットは、ぼくがニューバーグにひっこしてきたときからの親友なんだ。そのときは、ぼくが転校生だった。でも、いまはディーパックが転校生で、しかも頭がよくて、科学が好きで……」

そこでいったん口ごもった。

「ぼく、ディーパックがバイオレットの新しい親友になるんじゃないかと思って、こわかったんだ」

「だれもパブロのかわりになんてなれないよ！」

バイオレットが言って、パブロをだきしめた。

「ぼく、パブロから親友をとろうなんて思ってないよ。ただ、ふたりとなかよくなりたかっただけなんだ」

ディーパックが言った。

パブロにはその気持ちがわかった。自分も転校してきたとき、友だちをつくろうとひっしだったからだ。

「もっとかんげいしてあげるべきだったね。ごめん、ディーパック」

「いいんだ、パブロ。ちゃんと話せてうれしいよ」

「あたしもうれしい」

　3人はしっかりとかたをだきあった。

　パブロがウォッチをたしかめた。「マジカル・タイムがあと40分しかない！」

　バイオレットがくちびるをかんだ。

「オッケー。チャレンジにもどろう。スイレンを見つけたけど、その前のザリガニの問題をまだといてないよね。ザリガニはスカベンジャーと消費者の両ほうだっていうのはどうだろう？食物連鎖のどこにあてはまるかは、その生き物のいる場所によって、かわってくるんじゃないかな」

「そうか！」

　パブロはバイオレットの言葉にうなずくと、ウォッチのスクリーンをスワイプして「消費者」をタップした。それだけではやはり正解の音が鳴らなかったので、つづけて「スカベンジャー」もだしてタップした。

「ふーっ！　めちゃくちゃむずかしかったね」

ディーパックが言って、ヘルメットごしにおでこのあせをぬ
ぐうふりをした。

「みんなで協力して正解にたどりつけてよかった」

ディーパックはそうつづけて、パブロの背中をたたいた。

そのあとバイオレットが、自分のウォッチでスイレンをスキ
ャンした。3人がだした答えは同じ「生産者」だ。

つぎにパブロたちはカエルをさがした。

「こっちだ！」ディーパックがさけんだ。

緑色のカエルがスイレンの葉っぱのまんなかにすわっている。

ディーパックがスキャンしようとすると、カエルはとびはねて

いった。

「そんなー！」バイオレットが言った。

3人はしんちょうに追いかけた。

カエルは、まんなかにピンクの花がさいているスイレンの葉っぱの上にすわった。ディーパックがウォッチをむけたとたん、カエルが口をあけてピンクの長い舌をつきだした。ペロッ！近くをブンブンとんでいたハエがその舌につかまった。

「いっしゅんだったね！　あれじゃ、ハエはにげられないや」パブロが言った。

「どうりでカエルがこのへんにいるわけだね」バイオレットがうなずいた。「花がハエをひきよせてくれるんだから！」

カエルはどう考えても消費者だ。

レベル２をクリア！

「おーい、チャレンジャーのみんな」遠くから声がした。

クリスプ博士がボートでやってきて、水のなかにとびこんだ。白衣やむらさき色のズボンがぬれるのもおかまいなしだ。

「クリスプ博士、ザリガニはスカベンジャーにも消費者にもな

るって知ってました？」

　パブロが言った。さっきの発見にまだおどろいていた。

「生き物はつねに環境に合わせてかわるからね。魚はすばしっこくて、つかまえるのがたいへんだし」

　クリスプ博士がこたえた。

「つまり、自然のなかにいるザリガニは、スカベンジャーになったほうが楽ってことですか？」パブロがきいた。

「そのとおり」クリスプ博士がウインクした。「水そうでかわれているザリガニは、えものの魚を追いかける。魚がにげる場所がないから」

「そういうことか」ディーパックが言った。

　クリスプ博士はひと息ついて、リュックからメイズ・マニュアルをとりだした。

「友だちとのかんけいも、生態系によくにているわ。時間がたてば、かわることもある。だからって、わるいことばかりじゃない。ザリガニのように、わたしたちも変化に合わせることを学ばないとね」

「そのことを今回、いたいほど学びました」

　パブロはわらって、バイオレットとディーパックにうでをまわした。

クリスプ博士はにっこりして、メイズ・マニュアルをさしだした。ページがぱらぱらとめくれた。

レベル３
なにが消えた？

ニューバーグ
果樹園へいけ。

「さあ、いくよ！」クリスプ博士が言った。

　３人はフィンのついた足でよたよた歩きだした。

「博士！」バイオレットがさけんで、みんなのウエットスーツを指さした。「あたしたちの服は？」

「おっと、そうだった！」

　クリスプ博士はわらうと、ウォッチにむかって命じた。

「マジカル・メイズ、もとの服にもどせ！」

「うわ、またあれか」

　ディーパックがうんざりして目をとじた。

「イエーイ！」

　バイオレットは大よろこびだ。

　3人はまたぐるぐるまわりはじめた。回転がとまると、ウエットスーツもフィンもスキューバダイビングの装備も消えていた。

　「あと 30 分しかない。いそごう！」

　パブロがせかした。

# 9
## レベル3：果樹園から消えたもの

「ニューバーグ果樹園へようこそ」

クリスプ博士が言った。

パブロとバイオレットは、家族といっしょにこの果樹園に何度もきたことがある。大きな赤い納屋にも、塔の形の倉庫にも見おぼえがある。けれど、ほかのところは記憶とだいぶちがっていた。というより、そもそも「果樹園」という感じがあまりしない。

「どうかした？」

ディーパックがきいた。

パブロがほっぺたをかきながらこたえた。

「ほんとはいろんな色の果物がいっぱいある場所のはずなんだ」

でも、いまは全体がほこりっぽい茶色で、小麦におおわれている。

バイオレットがクリスプ博士のほうをむいた。

「去年、ニューバーグ森の木が何本か、わるい菌にやられたんです。黄色になる病気にかかったんだってパパは言ってました。あたし、なおしてあげたかったんですけど──」

　そこまで言うと、うでを組んで、しかめっつらをした。

「パパがやらせてくれなくて。ここの木もなにかの病気にかかったんですか？」

「いいえ、今回はちがうわ」

　クリスプ博士はえんぴつで小麦畑をさした。

「ニューバーグ果樹園の生態系から、だいじなメンバーがいなくなってしまったの。といっても、メンバーというのは木のことじゃない。さあ、みんな、なにがいなくなったのか、あとは自分たちで考えて」

　パブロとバイオレットとディーパックは、果樹園を見てまわることにした。

「えーと、果物の木って、植物だよね」パブロが切りだした。

「植物が育つのにひつようなものが消えたのかもね」ディーパックが言った。

「でも、育ってる植物もあるよ」とバイオレット。

　たしかに小麦は果樹園のなかで育っている。

「あそこを見て！」

パブロが納屋のうしろを指さした。花をたくさんさかせた木が数本だけはえている。3人はよく見ようと走っていった。

近づくと、木のそばに立っている人たちが見えた。みんな絵筆を持っている。

「なにしてるんだろう？　木に花をかいてるのかな？」パブロ
が首をひねった。

「そんなの、おかしいよ」バイオレットが言った。

　木のそばには、ナシの絵がかかれた屋台もあった。

「これはナシの木みたいだね」

　パブロはそう言ってから、木ではたらいている人たちに声を
かけた。

「すみません」

　だれもこたえない。

「聞こえなかったのかも」

　バイオレットが言って、木にもっと近づいてからさけんだ。

「すみません！」

　やっぱりこたえない。

　3人のほうにむかってくるおじさんがいたので、パブロはそ
っちに歩いていった。

「すみません、あの……」

　パブロがおじさんのうでにさわろうとすると、

ビビッ！

指がおじさんの体をすりぬけた！

「バイオレット、ディーパック、これ見て！」

パブロはおじさんの体のなかで手をふって見せた。

*ビビッ！*

「この人たち、ただのホログラムだ」とパブロ。

「なんか、気味がわるいね」とディーパック。

「そっか！　ホログラムだから、きっとだれも話せないんだ」

　バイオレットはそう言ってわらうと、少しうしろにさがって
から走りだした。

「どいてどいてー！」

　さけびながら、パブロと
ディーパックのわきを通
りすぎ、ホログラムの
おじさんにまっすぐむ
かっていった。

*ビビッ！*

おじさんがぶるっとふるえて、あたりを見まわした。

ディーパックはぎょっとした。

「なにしてるんだよ」

パブロはバイオレットにひそひそ言った。

ところが、おじさんはなにごともなかったように歩きつづけた。

「だいじょうぶ！　マジカル・メイズのちょっとしたいたずらだよ。アハ、体中、ぴりぴりしちゃった！」

バイオレットは、しびれをはらうように両手をふりながらわらった。

パブロは木の１本に近づいた。おばさんが絵筆で花のまんなかをつついている。絵筆についているのは黄色い粉のようだ。この人たち、いったいなにをしてるんだろう？

# 10
## 花粉を運ぶのは？

「ハチだ」パブロはいきなり言った。

「え？」バイオレットがききかえした。

「ハチだよ！　ハチがいないんだと思う。前にここにきたとき、ぼく、ハチにさされたんだ」

「だから？」とバイオレット。「ハチと木になんのかんけいがあるの？」

「ハチは花から花へ花粉を運ぶ」パブロはナシの木のほうを指さした。「あの人たちが絵筆でやってるのも、それだと思う。ハチがいなくなったから、かわりに自分たちで絵筆に花粉をつけて、花から花へ運んでるんだよ」

すると、バイオレットがうでを組んで言った。

「だからなんなの？　花粉を運ぶことと果樹園の木の数に、どういうかんけいがあるわけ？」

パブロはうつむいて地面を見つめた。そこまではわからなかった。

ディーパックが自分の耳をひっぱりながら言った。

「おしべの花粉がめしべにつくことを受粉っていうんだけど、受粉すると実ができるんだ。てことは、ハチが花粉を運んで受粉を手つだってくれないと、木は実をつくれないんじゃない?」

「実って、果物のことだよね。つまり、ハチがいないと果物ができないってことだ!」

パブロが言って、ディーパックと両手でハイタッチをした。

「だから木の数をへらしたんだね。果物ができないんじゃ、木を植えてもしかたないから」ディーパックがつづけた。

「やった!」

3人はいっせいによろこんだ。

つぎのしゅんかん、パブロがウォッチを指さした。「まずい!」マジカル・タイムがあと10分しかない。3人はあわてて果樹園の出入り口にもどった。

クリスプ博士がみんなを待っていた。

「答えがわかりました!」バイオレットがさけんだ。「ていう

か、ディーパックとパブロが問題をといてくれました。答えはハチです！　ハチが果樹園からいなくなったんです」

「すごいぞスポイト！」

クリスプ博士がまたおかしな言葉でほめた。

パブロは博士のほうをむいた。

「博士の言ったとおりです。友だちのグループにいるってことは、生態系のなかにいるようなものなんですね。だれがいなくなってもこまる」

そして、今度はディーパックのほうをむいた。

「このレベル３の問題では、ぼくたち、さいこうのチームだったね。ディーパックがいなかったら、クリアできなかったよ」

ディーパックはにっこりした。

「果樹園が小麦でいっぱいなのは、どうしてですか？」

　バイオレットがクリスプ博士にきいた。

「果物がなる木にとっては、ハチはとてもだいじよ。ただ、ハチのかわりに風をつかって受粉する植物もいるの。小麦のようにね！　だから、ここの人たちは、ハチがいなくなったあと、小麦を植えたってわけ」

　そのとき、クリスプ博士のウォッチがむらさき色の光でちかちかしはじめた。

「あと３分しかない！」

　博士はウォッチを３回タップしてから左にスワイプした。果樹園が、広くて白い部屋にさっとかわった。

　目の前には５番のドアがあった。みんなはいそいでドアをぬけ、長いろうかを走った。ようやくもとのメインルームにもどると、あいかわらず気味のわるい虫がガラスびんのなかでガサゴソ動き、色とりどりの結しょうがとうめいなケースのなかにうかんでいた。モニターを見あげると、クラスメートたちはまだかたまっていた。ふーっ！

「あと30秒。ジャンプ！」クリスプ博士がさけんだ。

「え？」３人が言った。

「ジャンプ！　はやく！」

　クリスプ博士は、天じょうで光っているむらさき色の輪を指さした。

　3人はジャンプした。けれど、マジカル・メイズのゆかにすぐもどってしまった。

「もっと高く！　それじゃ、たりない！」

　クリスプ博士がまたさけんだ。

　3人は思いっきりジャンプした。

ブーン！ パチン！ ヒュー！ バシッ！

　望遠鏡にひきこまれたときのように、強い力が3人を天じょうにひきこんだ。気がつくと、パブロたちは教室のゆかをころがり、テーブルやいすにぶつかっていた。そのとたん、クラスのみんながまた動きだした。

「おいおい、そんなところでなにしてるんだ？」

　エング先生が3人にきいた。

「えーと」パブロは口ごもった。

「席にもどりなさい」エング先生が言った。

「はい、先生」

　パブロたち3人は立ちあがって席にもどった。

　パブロはあたりを見まわし、ひそひそ言った。

「さっき起きたこと、ゆめじゃないよね？」

　バイオレットが、ディーパックの髪についていた小麦の穂を
とって、にこっとしながらこたえた。

「うん、ゆめじゃないと思う」

　エング先生が、パブロたちのほうにむかってきた。パブロは
目をこらして先生を見た。

　あれ？　エング先生の髪にも小麦の穂がついてない？

エング先生は、パブロたちのわきにしゃがみ、えんぴつでテーブルをたたいた。

　「楽しそうでなによりだが、グループ内でいろんなアイデアをだしあうのもわすれないようにな」

　「だいじょうぶです、エング先生」

　バイオレットがこたえて、パブロとディーパックにウインクした。

　「あたしたちのチームワークはバッチリですから」

　3人はいっせいにわらった。

　エング先生はまゆをあげ、「それはよかった」と言って立ちあがった。

　「科学は楽しいものだ。ただし、まじめにとりくむべきものでもある」

　そうつづけると、むきをかえて、べつのテーブルへいった。

　「エング先生の言うとおり」パブロは、えがおでうなずいた。「科学って、マジで楽しい！」

## つくってみよう！
## ペットボトル・ボート

お話のなかでパブロたちがつくった、
輪ゴムの力で動くペットボトル・ボートづくりにチャレンジ！

**ざいりょう**

- ◆ 500ミリリットルの使用ずみペットボトル
  （ラベルをはがし、キャップをつける）…1本
- ◆わりばし…2本
  ※ わりばしのかわりに細長い板や木の棒をつかってもいいよ。
  　なるべくまっすぐで、ペットボトルにくっつけやすいものをえらんでね。
- ◆強力瞬間接着剤（またはグルーガン）
- ◆プラスチックのスプーン…2本　◆輪ゴム…4本

**つくりかた**

1 わりばしに接着剤をぬり、ペットボトルの両わきにしっかりくっ
　つける。わりばしはボトルの底から10〜15センチほどはみだす
　ようにする。

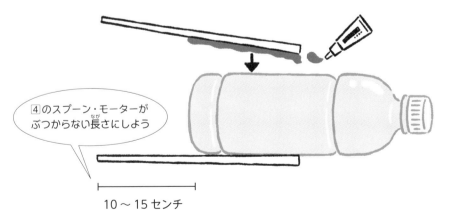

4のスプーン・モーターが
ぶつからない長さにしよう

10〜15センチ

2 ペットボトルとわりばしの上から
輪ゴムを2本しっかりかけ、
接着剤がかわくまでおいておく。

3 スプーン・モーターをつくる。
2本のスプーンの丸いところを、
柄を少しのこして切りはなす。

ハサミで切るときは、
かたいので気をつけて!

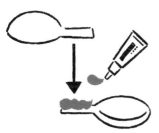

4 かたほうのくぼみが上、もうかたほうのく
ぼみが下になるように、スプーンの柄の部
分を重ねて接着剤でつなげる。かわかした
ら、スプーン・モーターのできあがり!

5 ペットボトルの底からはみ
だしている2本のわり
ばしに、輪ゴムを2本か
さねてかける。

6 二重になった輪ゴムの
はしをつかんで輪をつ
くり、かたほうのわり
ばしにひっかける。

わりばしから
輪ゴムが
ぬけないように、
まきつけよう

81

もうかたほうのわりばしにも、⑥とおなじように輪ゴムをつまんでひっかける。

## 8

輪ゴムのまんなかにスプーン・モーターをさしこみ、スプーンの柄の部分と輪ゴムがくっつくよう、上下に接着剤をつけてかわかす。

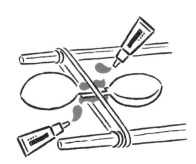

ペットボトル・ボートのできあがり！

**あそんでみよう！**

ボートをうかべられる場所をさがそう（小川や池、おふろなど）。モーターをぐるぐるまわして輪ゴムを何重にもねじり、水につけたら手をはなそう！

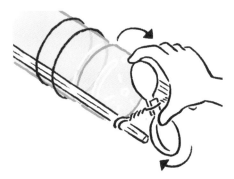

遊びおわったら、ざいりょうをリサイクルするのをわすれずに！

# 生態系の模型

森、ジャングル、さばく、池、海など、好きな場所をまねして、
小さな生態系の模型をつくろう！

**ざいりょう**

◆空き箱 (またはプラスチックのケース)…1つ
◆画用紙、おり紙、毛糸、布など　◆えだ、草、砂、石など
◆動物のフィギュア…3種類以上
※フィギュアは、買ったものでも、家にあるものでも、
　ねん土や画用紙などでつくったものでもオーケー。

**つくりかた**

1 模型にする場所を決めて、
　そこにはどんな植物や動物がいるかを調べる。

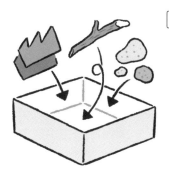

2 空き箱のなかに、1で決めた場所をつくる。
おり紙や画用紙、布などで工作したり、色を
ぬったり、草やえだ、石、砂などを入れたりし
て、自分なりにくふうしてみよう。

毛糸を川の水に見立てたり、草の形に切っ
た画用紙を箱の側面にはったりしてもいい
ね。本物の石やえだを入れると、リアルにな
っておもしろいよ。

3 2に、動物のフィギュアを
　3種類以上おいたら、できあがり！

自分で考えた動物や植物がいる、
オリジナルの生態系をつくるのもいいね！

# 生き物のつながりのふしぎ

日本語版監修・解説

本田隆行（科学コミュニケーター）

---

## ◆つくって、食べて、食べられて……網の目のつながり

　地球上に生きるすべての生き物は、「つくる・食べる」のかんけいでつながっています。植物や藻類が太陽のエネルギーから栄養をつくり、それを草食動物が食べ、さらに肉食動物に食べられます。このつながりが、お話でも登場した「食物連鎖」です。自然のなかでは生き物がまるで網の目のようなかんけいでつながるので、「食物網」ともいいます。

## ◆自然のそうじ屋、分解者とスカベンジャー

　エング先生のプリント（15ページ）にあるように、食物連鎖のなかで生き物は、「生産者」（つくる生き物）と「消費者」（食べる生き物）にわけられます。

　消費者のなかには、かれた植物や動物のフン・死がいから栄養をとる「分解者」とよばれる生き物がいます。分解者のはたらきを、もう少しこまかく見てみましょう。たとえば陸上では、キノコや細菌類がかれた植物や死んだ動物を分解し、ふたた

び生産者である植物の栄養分を生みだします。
フンコロガシやダンゴムシ、ミミズも分解者の
一員です。

　またそれとはべつに、死んだ動物をえさにす
る生き物のことを「スカベンジャー」とよびます。英語で〝ゴ
ミひろい〟という意味です。陸上にはハゲタカやアリなど、水
中にはザリガニやオオグソクムシなどがいます。

## ◆「食う」「食われる」だけではない、生き物のバランス

　生き物のつながりは、エネルギーや栄養の面だけではありま
せん。べつべつの生き物が、たがいにかかわりながらともに生
活することを「共生」とよびます。果樹園で花粉を運ぶミツバ
チと花のかんけいは、まさに共生ですね。共生には、いっぽう
の生き物だけがとくをするかんけいや、かたほうの生き物にわ
るい影響をおよぼすかんけい（寄生といいます）もあります。
　どんな生き物もまわりにいる多くの生き物とかかわりながら、
環境に合わせて生きています。生き物とそのまわりの環境のす
べてを合わせたのが「生態系」です。生態系はいろいろなバラ
ンスの上になりたっています。いまあなたのまわりには、どん
な生態系が広がっていますか？　そしてその生態系の将来は、
どう変化するでしょうか？

[作]
## シアン・グリフィス
### Theanne Griffith

アメリカの脳科学者であり、STEAMをテーマにした子どもの本の作家でもある。小さな頃から、物語も科学も大好き。この2つの興味があわさって、科学の読み物の作家となった。作品にはこの「マジカル・メイズ」シリーズのほかに、共著の「科学者エイダのなぞときファイル」シリーズ (未邦訳) がある。

[訳]
## 宮坂宏美
### Hiromi Miyasaka

弘前大学人文学部卒業後、電気通信会社や旅行会社勤務、雑誌のライターなどを経て翻訳者に。絵本や読み物、ノンフィクションなど幅広く手がける。訳書に「ジュディ・モードとなかまたち」シリーズ (小峰書店)、「輪切り図鑑クロスセクション」シリーズ、『すかしてビックリ! 手のしくみ』(いずれも、あすなろ書房)、『ぼくのじゃがいも』(こぐま社)、『エヴィーのひみつと消えた動物たち』(ほるぷ出版) などがある。

[絵]
## ONOCO

大阪在住のイラストレーター。パッケージやグッズのイラストなどで活躍。ポップでファンシー、動きのあるイラストをSNSで発表している。
https://potofu.me/onoconokoko0625

[日本語版監修・解説]
## 本田隆行
### Takayuki Honda

科学コミュニケーター。神戸大学にて地球惑星科学を専攻 (理学修士)。地方公務員事務職、日本科学未来館勤務を経て独立。現在は「科学とあなたをつなぐ人」として、科学に関する展示企画、実演の実施・監修、講師、執筆業、メディアでの科学解説など、手法・ジャンルを問わず多岐にわたり活躍中。著書・監修は『るるぶ マンガとクイズで楽しく学ぶ! 未来のくらし』(JTBパブリッシング)、『知れば知るほど好きになる 科学のひみつ』(高橋書店) など多数。

2024年6月18日　初版第1刷発行

作
シアン・グリフィス

訳
宮坂宏美

絵
ONOCO

発行者
中村宏平

発行所
株式会社ほるぷ出版
〒102-0073 東京都千代田区九段北1-15-15
電話 03-6261-6691 ファックス 03-6261-6692
https://www.holp-pub.co.jp/

印刷・製本
中央精版印刷株式会社

日本語版装丁
ニマユマ

P80-83イラスト
北垣絵美

NDC933　210×148mm　88P
ISBN978-4-593-10431-4

クリスプ博士からみんなへ
科学を楽しむための
アドバイス

## " 「なぜ?」と考えよう! "

ぎもんを持ちつづけること。

## " まわりをよく見よう! "

思いがけないところに
発見がひそんでいるよ。

## " 古いものの新しい
つかいかたを考えよう! "

使用ずみのペットボトルで
ボートをつくる方法については、
80ページからどうぞ。